世界经典童话小说书系

商人与魔鬼

著者 / 纳瑞姆·希克梅特 等　编译 / 魏聪聪 等

吉林出版集团股份有限公司 | 全国百佳图书出版单位

图书在版编目（CIP）数据

商人与魔鬼 ／（土）纳瑞姆·希克梅特等著；魏聪聪等编译.
-- 长春：吉林出版集团股份有限公司，2016.12
（世界经典童话小说书系）
ISBN 978-7-5581-2123-4

Ⅰ.①商… Ⅱ.①纳… ②魏… Ⅲ.①儿童故事 – 作
品集 – 世界 Ⅳ.①I18

中国版本图书馆CIP数据核字（2017）第065107号

商人与魔鬼

SHANGREN YU MOGUI

著　　者　纳瑞姆·希克梅特 等
编　　译　魏聪聪 等
责任编辑　李　娇
封面设计　张　娜
开　　本　16
字　　数　50千字
印　　张　8
定　　价　29.80元
版　　次　2017年8月　第1版
印　　次　2020年10月　第4次印刷
印　　刷　三河市嵩川印刷有限公司
出　　版　吉林出版集团股份有限公司
发　　行　吉林出版集团股份有限公司
地　　址　长春市绿园区泰来街1825号
电　　话　总编办：0431-88029858
　　　　　　发行部：0431-88029836
邮　　编　130011
书　　号　ISBN 978-7-5581-2123-4

前言

　　儿童自然单纯，本性无邪，爱默生说："儿童是永恒的弥赛亚，他降临到堕落的人间，就是为了引导人们返回天堂。"人们总是期待着保留这份童真，这份无邪本性。

　　每一个儿童都充满着求知的欲望，对于各种新奇的事物，都有着一种强烈的好奇心，这样在成长的过程中就不可避免地被好的或坏的事物所影响。教育的问题总是让每个父母伤透了脑筋，生怕孩子们早早地磨灭了童真，泯灭了感知美好事物的天性。童话很好地解决了这个问题，让儿童始终心存美好。

　　徜徉在童话的森林，沿着崎岖的小径一路向前，便会发现王子、公主、小裁缝、呆小子、灰姑娘就在我们身边，怪物、隐身帽、魔法鞋、沙精随时会让我们大吃一惊。展开想象的翅膀，心游万仞，永无岛上定然满是欢乐与自由，小家伙们随心所欲地演绎着自己的传奇。或有稚童捧着双颊，遥望星空，神游天外，幻想着未知的世界，编织着美丽的梦想。那双渴望的眸子，眨呀眨的，明亮异常，即使群星都暗淡了，它也仍会闪烁不停。

童心总是相通的，一篇童话，便会开启一扇心灵之窗，透过这扇窗，让稚童得以窥探森林深处的秘密。每一篇童话都会有意无意地激发稚童的想象力和感知力，让他们在那里深刻地体验潜藏其中的幸福感、喜悦感和安全感，并且让这种体验长久地驻留在孩子的内心，滋养孩子的心灵。愿这套《世界经典童话小说书系》对儿童健康成长能起到一点儿助益，这样也算是不违出版此书的初心了。

编者

2017 年 3 月 21 日

目录
MULU

火 焰 树

很久以前，在遥远的热带雨林，有一个叫西村的部落。这个部落信奉太阳神，把一切美好的愿望都寄托给它，希望能够得到它的庇佑。

部落里有一个孕妇，一直希望太阳神赐予她一个漂亮的女儿，为此她每天都虔诚地向太阳神祈祷。

不久，她即将临盆。这一天乌云密布，风雨大作。人们都非常担心这样的天气是一个凶兆，担心孕妇会生出来一个邪恶的孩子。

可是没想到，乌云中突然射出一道金色的光束，直接射

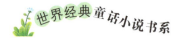

到孕妇家的屋顶。

随着一阵响亮的啼哭，天空渐渐变得晴朗。大家说这个女婴一定是受到了太阳神的庇佑而降生的。

随着时光的流逝，女婴渐渐长大，变成了一个漂亮的小姑娘。这个小姑娘不仅漂亮，而且心地十分善良。

因为她美丽非凡，所以妈妈给她取名叫"霍莉"。霍莉一天天长大了，喜欢她的小伙子非常多，上门求婚的人络绎不绝。

霍莉的父母很高兴，决定把女儿嫁给一个有五百头牛、三百只羊，还有大花园和无数仆人的酋长。

他们兴高采烈地把这个决定告诉霍莉，但是万万没想到，女儿执意不肯。可是这个消息已经告诉给酋长了，迎亲队伍马上就要来了。

"没关系，让我和酋长解释吧！"霍莉安慰父母。

"谢谢您能喜欢我，但是我不能嫁给您。我不爱富人，只爱勤劳勇敢的比尔。"她来到酋长面前。

比尔是农民的儿子，但是勤劳勇敢，种的香蕉长得特别好，还擅长用香蕉酿酒。

这些都不是霍莉爱上他的主要原因，她之所以爱上比尔，还要归功于比尔出色的箭术。

当霍莉还是一个小姑娘的时候，热带雨林中来了一头凶猛的斑豹。

斑豹非常凶残，经常到村里袭击牲畜和人。为了抓住它，猎人们在热带雨林中布下了陷阱。

可是小霍莉并不知情。她在和一头小鹿相互追赶嬉戏的时候走向了雨林深处，掉进了猎人布置好的陷阱里。

斑豹看到陷阱中的霍莉，张开血盆大口扑过来。小霍莉惊恐地闭上双眼，可没想到，随着一声哀号，落在她身边的竟然是斑豹的尸体。

原来，是勇敢的比尔在这千钧一发之际用弓箭射杀了斑豹，救了她。在四目相对的那一刻，霍莉深深地爱上了这个勇敢英俊的少年。

其实在霍莉出生的时候，七岁的比尔也随着大人守在她家房子外，见证了那个神奇的场面。

随着小霍莉一天天长大，他越来越喜欢这个漂亮的小姑娘。当霍莉在整个村子里奔跑玩耍的时候，比尔就会偷偷跟在她身后，悄悄保护她。可是因为身份卑微，他从来不敢和霍莉交谈、玩耍。

酋长听到霍莉宁愿嫁给一个农民的儿子都不愿意嫁给自己，十分恼火。

酋长暗下决心，一定要拆散霍莉和比尔。没过多久，国王要求从各部落征兵。酋长假装很为难，可是心里早已乐开了花。

酋长以比尔是一个出色的弓箭手为由，动员他的家人同意他参军。

当比尔把这个消息告诉霍莉的时候，霍莉难过得哭了。临行前一天，霍莉来为比尔送行。

"我爱你，我会等你，你要安全回来。你凯旋的那一天，我会披好嫁衣，等你娶我。"她强忍悲痛。

"放心吧，我会为了你安全回来。"比尔难过地摸着霍莉的头。

两个人在大树下一直坐到夜晚，手牵着手，依偎在一起，不停地向对方诉说自己的不舍和爱意。时间过得很快，转眼太阳就升起来了。士兵们都来到村口集合，依依不舍地和父母、爱人告别。

战争在美丽的维多利亚湖畔激烈地进行着。比尔走后，霍莉比太阳起得还早，简单梳洗后就爬到西村最高的山坡，朝维多利亚湖的方向眺望。太阳出来了，映红了她的脸蛋，也将她脸上的泪水照得晶莹剔透。

几个月过去了，霍莉还是没有等到比尔归来。酋长骗走比尔后，继续打霍莉的主意，派人三番五次地去霍莉家送牛、羊、布匹，希望霍莉的父母能够劝说女儿同意嫁给自己。

霍莉的父母考虑到与其让女儿遥遥无期的等待一个生死

未卜的人，还不如趁着年轻貌美嫁给酋长，从此衣食无忧。

打定主意后，霍莉的母亲以死相逼，要求霍莉必须嫁给酋长。霍莉无法放下深爱的比尔，却又不能逼死母亲，只好暂且答应母亲的请求，但是要求婚期推迟一个月，如果一个月后比尔还没有消息，就立刻嫁给酋长。

一个月很快就要过去了，可是霍莉仍然没有等到心上人，眼看与酋长约定的时间就要到了，心里非常着急。

"亲爱的蜜蜂，你那么善良，那样勤劳，请你飞到湖畔，看看我的比尔什么时候才能回来，好吗?"一天，她对花朵旁的蜜蜂说。

蜜蜂看到她焦虑的面容，非常同情，便扇动翅膀向湖畔飞去，飞了很久，终于来到战场上方。战场上，皮鼓咚咚，牛角齐鸣，布干达战士向敌人发起冲锋。比尔左手执长矛，右手执弓箭，跑在队伍的最前面。

很快，敌军就被击溃。蜜蜂看到这一幕，非常高兴，

"嗡嗡嗡"连叫三声，刚想飞回去告诉霍莉这个好消息，但是敌军的一支队伍突然反击，几支暗箭直奔比尔飞来。

敌军的一支箭直接射中了比尔的腰部，这位英勇的农民儿子倒在了血泊中。

蜜蜂不停地在比尔的尸体上方徘徊，看着躺在地上的尸体，无限悲伤，不知道该如何去向霍莉报告。不见蜜蜂归来，霍莉心焦如焚。

"亲爱的鸽子，我听到胜利的战鼓已经敲响，请你快飞

到维多利亚湖畔，祝贺我亲爱的比尔取得胜利。请你一定要把这封信和这支玫瑰交给他，让他快点儿回来，我会一直在山坡上等他。"她又叫住飞过身边的鸽子。

鸽子来到战场，看到蜜蜂在一朵枯萎的花朵上落泪，心里就全明白了，轻轻把信和玫瑰放在比尔的尸体旁。

它也不忍心回去传送这个噩耗，于是落在旁边的一棵枯树枝上啜泣。

霍莉一直在山坡上等着，爱人没有归来，蜜蜂和鸽子也没有回来。

"亲爱的雄鹰，你的翅膀如此有力，你的眼神如此犀利，请你飞向维多利亚湖畔，看一看我心爱的比尔怎么还没有回来？不管是好消息还是坏消息，请你一定要回来通知我！"她心里隐隐有了不祥的预感，只好求助于冷静理智的老鹰。

老鹰没用多久就飞到了战场，当看到垂泪的蜜蜂和鸽子时，明白了一切。

它原本也不想告诉霍莉这个噩耗，但是想到对霍莉的承诺，还是忍着悲伤飞回了山坡。老鹰并没有告诉霍莉比尔已经阵亡，而是带着她飞到战场。

当霍莉来到战场，战争已经结束，敌军被彻底消灭，士兵们死的死，伤的伤。

她紧张地四处张望，既期盼能快点儿见到比尔的脸庞，又害怕看到的只是比尔的尸体。

霍莉脚步踉跄地寻找着，没想到刚走几步就看到士兵们正在掩埋比尔的尸体。

比尔的脸上全是鲜血，双手还保持着射箭的动作。这个勇敢的人直到生命的最后一刻，都没有放弃斗争。

霍莉看到这一幕，不由得双腿一软，跪在了地上，眼泪像断了线的珠子一样落了下来。

这时，天空下起了倾盆大雨。大雨落在比尔的脸上，洗净了他脸上的血迹。

霍莉抱着爱人的头，雨水混着泪水从脸上滑落，电闪雷鸣吞没了这个女孩儿心碎的哭声。

过了好久，雨终于停了，天边出现了罕见的全圆形彩虹。

"不要让我一个人在这世界上，难道一定要让相爱的人生死相隔吗？请用火焰将我燃烧，让我陪着我的爱人一块离开！"听说对这种罕见的彩虹许愿很灵，霍莉转向彩虹，诉说心愿。

"我的爱人，请你一定要等等我，无论你去哪里，我都会与你相随！"她擦干泪水。

说完，霍莉抱着比尔的尸体，向维多利亚湖的中心走去。这时，天空突然射出一道金色的光芒，照在两个人的身上。这场景和霍莉出生时一模一样。强光过后，湖上飘起一层鲜红似火的花朵，霍莉和比尔不见了，只见湖心出现了一朵漂亮的花儿。

士兵们将花朵打捞上来，小心翼翼地埋在湖边。消息传回西村，人们纷纷感叹战争的残酷和这对恋人的忠贞。

酋长也流下了眼泪，非常后悔当初送比尔参军，于是将这个动人的故事上报给国王，希望国王能够停止战争，不要拆散更多的有情人。

第二年，西村的人们来到维多利亚湖畔为这对痴情的恋人扫墓，发现埋葬红花的地方长出了许多美丽的树。

树盖如伞，遮着曾在这片土地上牺牲的士兵们的坟墓。满树花朵，朵朵朝着太阳盛开。

人们喜欢这种花的美丽，便纷纷来采集花籽，回去种在花园。现在，这里到处都有这种美丽的树，有人叫它火焰树，也有人叫它情人树。

但是，太阳神真的忍心让这对有情人长眠于地下吗？原来，太阳神十分欣赏霍莉，决定带这对恋人来到一个世外桃源。太阳神在射下那道光束的同时，撒下了一片红花，带走了两个人，使比尔的灵魂重新回到身体。

"难道向圆形彩虹许愿，您就真的会帮助许愿人达成心愿吗？"霍莉笑着向太阳神道谢。

　　"傻孩子，是因为你们为了在一起而足够努力，只许愿望却不努力的人，永远都不会实现自己的愿望！"太阳神微笑着。

　　霍莉若有所思地点点头，依偎在比尔的怀里。阳光洒在两个人的身上，他们暗暗发誓，一定会珍惜这份得来不易的爱情，幸福到白头。

辛伯达航海记

从前，在巴格达城中，有一个名叫辛伯达的脚夫，以搬运货物为生。

一天，脚夫担着货物从一个富商家门前经过，由于天气炎热，担子又太重，累得他满头大汗。脚夫放下担子，坐在富商家门前的石阶上乘凉。

这时，门里飘来一阵香味儿，脚夫十分好奇，就透过门缝往里瞧，发现院子里有很多张桌子，上面摆放着美味佳肴。

"人跟人真是不能比，命运为什么如此不公啊！"脚夫想

13

到自己的处境，仰天长叹，无奈地摇了摇头。

脚夫起身刚要离开，一个仆人从庭院里走出来。

"我家主人请你进去，有话要对你说，请随我来吧。"仆人彬彬有礼地说。

脚夫跟着仆人进入庭院，发现这里正在举行宴会，桌上摆放着美味佳肴。参加宴会的都是些达官贵人，坐在首席的是一位胡须花白的老者。

"你叫什么名字，是做什么的?"老者问道。

"我叫辛伯达，是个脚夫"脚夫回答说。

"真的吗，我也叫辛伯达，是个航海家，你刚才为何在门前感叹?"老者接着问。

脚夫把自己感叹的理由告诉了他。

"我今天的幸福生活，也是拼搏来的，我就给你讲讲我那七次惊心动魄的航海旅行吧!"老者说道。

我父亲在我很小时就去世了，他是一位富商，给我留下了一笔丰厚的遗产。我过着奢侈的生活，以为这些钱足够我挥霍一辈子了。

后来我发现自己错了，钱全部花光了，我两手空空，内心充满了恐惧。

这时，我想起父亲的教诲，又振作起来。我变卖了家产，打算去远方做生意。打定主意，准备好行李，我开始了人生第一次航海旅行。

一天，我们经过一座风景如画的小岛，船长吩咐靠岸停泊，旅客们纷纷登上小岛，生火做饭，欣赏四周的风景。

旅客们吃得兴高采烈，船长突然跑来了。

"旅客们，请马上回到船上去，我们脚下的不是小岛，而是一条漂浮在水面上的大鱼，由于日久天长，它的身上满是泥沙，所以看上去像一座小岛。你们在它身上生火，会激怒它的，赶快上船吧！"船长大声催促道。

旅客们急忙向船跑去，这时大鱼开始下沉，我和许多人都落水了。幸亏我抓住了一块木板，才没被淹死。我在海上漂流了一天一夜，最后被冲到一座岛上。我筋疲力尽，只好

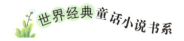

靠野果充饥。

一天，我在海边发现了一匹高大的骏马。

"你是谁，从哪儿来，是干什么的？"有人突然对我喊道。

我向他讲述了自己的经历。他听后带我去一个地洞里，用美食招待我。

"你为什么要把一匹骏马拴在海边啊？"我好奇地问。

"我是国王的养马人，每逢月圆之时，我就挑选一匹健壮的母马，把它拴在海边，让它等待海马的到来，它们杂交生出的小马美丽无比，很值钱。"养马人说道。

第二天，养马人带我去见国王。国王十分同情我的遭遇，就把我留了下来，负责管理港口事务。

由于做事勤恳，我深得国王的赏识。

我经常去海边向航海人打听巴格达城，希望有人去那里，我也可以搭船回家。

在漫长的等待中，我见到了很多新奇的事情，增长了我的见识。

一天，我在海边巡视，一条大船慢慢地靠了岸，水手们搬下货物，我一一登记。

"还有其他货物吗?"我问船长。

"有，不过它的主人落水淹死了，我正打算卖掉他的货物，把钱转交给他的家属呢!"船长遗憾地说。

"货主叫什么名字?"我接着问道。

"辛伯达。"船长说。

听了船长的话，我仔细一看，认出了他。

"船长，我就是辛伯达啊！那天大鱼下沉，我落水了，被风浪吹到了这座岛上。"我激动地说。

船长也认出了我，并归还了我的货物。我卖掉货物，辞别国王，回到了家乡。

辛伯达讲完第一次航海经历后，就和大家一起吃饭，还送给了脚夫一百金币，相约第二天讲下一个故事。

第二天一大早，脚夫如约而至，辛伯达开始讲述他的第二次航海经历。

我平安归来，过上了安逸的生活。有一天，我突发奇想，渴望去海外做生意，开阔眼界。于是我收购了很多畅销的货物，装船出海。

我的货物在各地都很畅销。一次，我们路过一座美丽的岛屿，船长命令将船靠岸，旅客们都上岸游览，我在一处清泉旁欣赏景色，不知不觉竟然睡着了。

等我醒来时发现四下无人，船已经开走了，只剩我独自一人流落荒岛。我十分后悔第一次航海死里逃生后又继续出来冒险。

我漫无目的地在森林中走着，看见远处有一个巨大的白色物体。

我朝着那个方向跑去，以为是一幢圆顶的白色建筑，我绕着它走了一圈，却没找到门。

这时，天色突然暗了下来，我抬头一看，发现是一只大鸟挡住了阳光。我曾听说过这种被称为神鹰的大鸟，立刻意识到那个白色物体其实是一枚鹰蛋。

果然，神鹰慢慢落下，趴在蛋上。我急忙解下头巾将自己绑在它的腿上，希望神鹰能带我离开这里。

神鹰带我飞到一处平地，我解开头巾四下观察，发现这里四面全是峭壁。我陷入了更绝望的境地。

我振奋起精神，走进一条山谷，发现遍地都是钻石和巨大的蟒蛇。

正在我走投无路之时，山顶上突然掉下来一头被宰杀的羊。

我曾听说过，出产钻石的山谷都深不见底，于是商人们便把宰杀的羊剥皮丢进山谷，等沾满钻石的羊被秃鹰抓住飞到山顶时，商人们再把秃鹰赶跑，拿走沾在羊身上的钻石。

看着从天而降的羊，我想起了这个传说，急忙捡了很多钻石，装在口袋和鞋子里，然后又用头巾将自己和羊绑在一起。

过了一会儿，一只秃鹰抓起羊腾空而起，飞上山顶。还没等秃鹰啄食，就听崖后传来一片叫喊声，我急忙解开头巾爬起身。商人们跑过来，发现羊身上并无钻石，十分生气，认为是我搅了他们的好事。

我讲述了自己的经历，并把身上的钻石分给他们作为补偿。

平安脱险后，我便和商人们结伴而行。我们长途跋涉来到一片开阔的原野。这里有一种身体高大的犀牛，头上独角很长，据说能杀死大象。

穿过原野，我们来到一座城市。我用剩下的钻石换了很多钱，然后回到了巴格达，继续过着安逸的生活，并把此前的不快忘得干干净净。

辛伯达讲完他第二次航海经历后，又送给脚夫一百金币。

第三天，脚夫很早就来了，辛伯达心情愉悦地开始讲他的第三次航海经历。

第二次航海我赚了很多钱，在利益的驱使下，我决定再次出海。

一天，船正在海上航行，站是在甲板上的船长突然眉头一皱。

"发生了什么事儿?"我急忙问道。

"风浪把我们吹到了一座猿人居住的岛屿。"船长回答说。

话音刚落，一群猿人便从四面八方包围了我们。猿人众多，异常凶猛，弄断了船上的钢缆和帆锁，还抢走了货物和粮食，然后一哄而散。

就这样，我们被困在了荒岛上。

大家漫无目的地走着，发现了一座庞大的建筑。我们走进院子，看见里面放着一把高大的椅子。大家感觉很奇怪，但由于太过疲惫，便纷纷躺在地上睡着了。

傍晚，突然从楼上走下来一个巨人，吓得我们魂不附体。巨人走到大厅，把我们挨个拎起来观察，最终把身体最强壮的船长吃掉了。

我们打算逃走，可是走了一天也没找到出路。黑夜降临，巨人再次出现，又吃了一个我们当中最强壮的人。

大家围在一起商量对策，有人提议杀死巨人，可我认为应该先造一个木筏，那样，即便杀不死巨人，也可以乘筏子逃走，就算淹死在海里，也比被他吃掉强。

深夜，趁巨人熟睡，我们用烧红的铁叉刺瞎了他的双眼。他狂叫着离开了。不一会儿，又来了两个巨人。我们拼命奔向木筏，打算乘木筏离开，可木筏被巨人投掷的石块击中，很多人掉进了海里。最后，只剩下我和另外两个同伴幸

免于难。

我们三个人乘着木筏漂流到另一个岛上。感觉有了希望，我们便不停地向前走，寻找出路。

正当我们筋疲力尽躺在地上睡觉时，一条蟒蛇爬了过来，吞了我们其中一个同伴。

傍晚，我和剩下的同伴来到一棵大树下，打算爬到树上过夜。谁知一条巨蟒突然夜袭，又吞了另一个同伴。我躲在树梢上熬了一夜，天亮才下来。

我来到海边，看到一条路过的大船，便举起手来大声呼救。听到呼喊声，船上的人把我救上了船。

一天，我们的船在一座岛上停泊，商人们上岸做生意。船长见我两手空空，便让我把一个遇难商人的货物拿到岛上销售，所得利润分我一份，剩下的由船长转交给商人家属。

"货主是谁？"船上记账的人问。

"记在航海家辛伯达的账上吧。"船长回答说。

"我就是辛伯达，我没死。"我对船长说，然后向他讲述了自己的遭遇，并说出了货物的记号和特征，拿回了货物。我把货物卖掉后，大赚了一笔，回家过上了富裕的生活。

讲完第三个故事，辛伯达再次给了脚夫一百金币，并约好次日接着讲。

第四天，辛伯达又讲起了他的第四次航海经历。

第三次航海归来，我终日吃喝玩乐，把过去的不快忘得一干二净，又一次产生了出海的念头。我收购大批畅销货物，打理好行李，登船出海。

这次航行，我们遇到了风暴，船沉了，人和货物都落入海中。我们漂流到一片沙滩，发现远处有一座高大的建筑。

我们来到建筑门前，却被一群彪形大汉逮住，带到国王面前。

国王热情地款待了我们，同伴们狼吞虎咽，我因为胃口不好就没吃。同伴们吃得哈不下腰，但食欲却更加旺盛。原来国王每次逮到陌生人，便把他喂胖，然后杀了享用。

见同伴们变得越来越胖，我十分担忧。而我由于过度饥

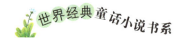

饿，变得骨瘦如柴，渐渐被他们扔到一边不管了。

于是，我悄悄地逃走了。后来，我遇见了一群采胡椒的人，向他们讲述了自己的遭遇。他们听说我从食人族手中逃脱，感到十分惊讶，就把我带上船，来到他们居住的岛上，还把我引见给了他们的国王。

国王听了我的经历，对我表示钦佩和同情，并留我在王宫里大吃了一顿。

这是一个有很多人口、生活富裕的王国，但我发现这里的马都没有马鞍。

一天，我问国王为什么骑马不用马鞍，他竟表示不知马鞍为何物。于是，我决定为国王做一副马鞍。

在我的指导下，马鞍很快就做好了。国王亲自试坐，感到非常满意，因此重赏了我。

后来，我又雇人做了大批马鞍，卖给当地人，赚了一大笔钱。

一天，国王说他希望我能长期留在这里，要把一个美丽的姑娘嫁给我。我没有拒绝，很快就和这个姑娘结婚了。

后来，我的一个朋友妻子死了，我就跑去安慰他，可他却说要为妻子殉葬。原来，这里有一个习俗，夫妻中一人死了，另一人就要殉葬。

当地人把我的朋友和他妻子放进海边的一个石洞里，盖上盖子，只给他留下七天的食物。参加完葬礼，我感到十分恐惧。

没过多久，厄运降临，我的妻子生病去世了，我被迫殉葬。就在粮食吃尽时，另一个殉葬者被放了下来，我杀死了她，夺取了她的食物。从此，我便以这种方式苟且偷生。

有一天，我在洞里发现一只偷吃尸体的野兽，便紧紧跟着它，找到了一个出口。我再次死里逃生。

后来，我又返回石洞，拿走了很多陪葬的金银首饰，然后坐在海边等待过往船只。

终于有一天，一条经过的船搭救了我。我又一次平安返回了巴格达，和家人团聚，继续过着享乐的生活。

第四次航海经历讲完了，辛伯达照例给了脚夫一百金币。

第五天，脚夫如约而至，辛伯达开始讲述他的第五次航海经历。

第四次航海归来，我赚了很多钱，因此更加追求享乐。不久，我又萌生了再次出海的念头。我收购畅销货物，还买了一条大船，雇了船长和水手，再次扬帆起航。

一天，我们来到一个大岛，发现岛上有一个很大的白色物体，便停船登岸参观。

我知道那是神鹰蛋，可其他人并不知道，他们拿石头砸蛋。我马上阻止他们，并让他们立即上船离开。

发现鹰蛋被砸，两只神鹰抓着大石头前来报复。船被击沉了，其他人和货物全都掉到海里。我抓住一块船板漂流到一座荒岛上。

我看见小溪边坐着一位老人，原以为他也是流落到这里的旅客，便上前搭讪。

他没有回答我的问题，示意让我驮上他。我将他驮起，可他却用双腿紧紧夹住我的脖子。我想摆脱他，可他夹得更紧了，还在我的头上乱打一通，疼得我只好由他摆布。

一天，我正在喝自酿的葡萄酒，这引起了老人的好奇，让我也给他一杯。他喝后大醉，从我肩上摔了下去。我趁机捡起一块石头，将他砸死。

我在荒岛上无所事事，期待着有船经过。

过了几天，还真来了一条大船。我上了船，讲述了自己

的遭遇。船上人告诉我，骑在我身上的家伙叫海老人，被他骑上的人没有成功逃脱的，我是个例外。

我们来到一个叫猴子城的地方，这里每幢房子的门窗都朝向大海。我感到好奇，就进城参观。

据说，这里的人怕猴子袭扰，夜里便在船上过夜。我游览完毕回到海边时，发现船已经离开了。我后悔莫及，坐在海边哭了起来。

这时，一个本地人来了，邀我和他一起乘船出海，以免夜里被猴子伤害。

我和这个本地人聊天，他很同情我。

第二天，他给了我一个布袋，让我跟着他出城。我们捡了一些石头装进布袋，来到一处山谷。山谷里长着参天大树，栖息着无数的猴子。

他从布袋子里拿出石头，扔向树上的猴子，猴子则用果实还击。

我仔细一看，猴子扔下来的都是椰子。就这样，我们每天都去捡椰子，然后拿到城里去卖，赚了很多钱。

一天，我看见一条大船停泊在猴子城的港口，商人们带着货物进城交易。我急忙找到船长，请他带我离开猴子城。船长爽快地答应了我的请求。

最终，我回到了巴格达，和家人团聚。

辛伯达讲完他第五次航海经历后，又给了脚夫一百金币，并约好次日再接着讲。

第六天，辛伯达又开始了他第六次航海经历的讲述。

第五次航海归来后，我终日饮酒，渐渐忘记了之前航海的艰辛。

一天，家里来了一群客商，又勾起了我出海的念头。于是，我又收购了很多畅销货物，再次搭船出海。

一日，船长表情严肃地告诉我们，船迷失了方向。接着，又刮起了飓风，把船吹到一座高山附近，碰到礁石，旅客和货物都落入了大海。我和几个人爬到山上，发现了一条湍急的河流。原来，附近盛产玉石，但由于身处险境，我也

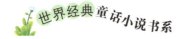

无心多想。

我们流落荒岛，感到非常迷茫。同伴们相继饿死，只剩下我一个人。

我突然想起了之前发现的那条河，心想如果找到出海口，或许可以脱险。

我急忙找来一些木头，把它们捆扎起来，做成一个木筏。我收集了很多玉石，然后坐上木筏，听天由命，顺水漂流。

我趴在木筏上，不知不觉中竟睡着了。不知漂流了多久，我睁开蒙眬的睡眼，发现木筏被拴在水边，周围站着一群人。

原来，他们都是些庄稼人，耕地时发现并救下了我。他们拿来食物，我饱餐一顿后讲述了自己的经历。他们决定带我去见国王。

国王亲切地接见了我，并询问我的情况。我把自己的身世和遭遇详细地讲了一遍。国王感到非常惊奇，盛情款待了

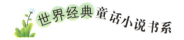

我，还留我在王宫里住下。

很多本地人听了我的传奇经历，纷纷来到王宫，和我聊天。我从他们口中了解了当地的风土人情。

我在王宫里过着安逸的生活。一天，我听说有商人打算去巴格达做生意，便决定搭船回家。

"国王，我十分思念家乡，恰巧有条商船要去巴格达，我想搭船返乡。"我向国王请示道。

国王尊重了我的决定，还给了我一些钱。

一路风平浪静，我回到了家乡。

讲完第六次航海经历，辛伯达依旧给了脚夫一百金币，相约次日再讲第七个故事。

第七天，辛伯达开始讲述他的第七次航海经历。

第六次航海归来，我更加富有了。可是不久，我又动起了出海探险的念头。于是购买货物，又乘船出海了。

一天，船长从一个小箱子里取出一本书，说书上记载，这个地区有一种庞大的鲸鱼。

船长话音刚落，船就开始剧烈颠簸起来，三条鲸鱼包围了我们的船。突然刮起了飓风，大家都掉进了海里。我抓住一块船板，随波漂流。

我十分后悔，发誓以后再也不出海了。我漂流到一处海滨，登岸一看，发现是一个很大的岛。

我用野果充饥，体力恢复后开始寻找出路。后来，我发现了一条大河，想起之前的经历，便决定造一条小船。

小船很快就造好了，我带了些野果，坐在船上顺流而下。

几天后，小船漂到了一处开阔地，我抬眼望去，发现自己来到了一座大城市。

岸上的人看见我，急忙投下绳索把我救起。

一位老人对我格外照顾，带我去他家，用丰盛的食物招待我。

老人问我是否愿意卖掉货物，我感到莫名其妙，就跟着老人来到集市。原来，我的小船是用檀香木造的，很值钱。

老人按市场最高价收购了我的小船。

老人有一个女儿，希望将她许配给我。我欣然接受，不久就结了婚。

后来，老人生病死了，我继承了他的家业。商人们还让我接替老人的工作，负责城里的贸易管理。

由于职务原因，我接触了很多头面人物，逐渐发现了他们的秘密——每个月初，他们肩上都会生出一双翅膀，在空中翱翔。

我找到其中一人，求他带我上天翱翔。他带我飞上天空。突然，一股火焰袭来，他抛下我飞走了。

我独自一人流落荒山。正当我走投无路之时，抛下我的人又回来了，把我带回了城里。

回到城里，我变卖了家产，带着妻子搭一条商船回乡。

经过数日的航行，我终于回到了巴格达，和家人团聚。

屈指一算，这七次旅行一共用了二十七年的时间。

"我的经历，你现在都清楚了吧。"讲完七次航海经历，航海家辛伯达和蔼地对脚夫说。

"是我误解了您，请您原谅，命运是公平的！"脚夫说道。

辛伯达决定让脚夫做他的管家，脚夫欣然接受。

从此，脚夫辛伯达过上了安定的生活，航海家辛伯达也不再出海，在家安度晚年。

商人与魔鬼

很久以前，有一位善良的商人，他为了家里的生计，经常去外地经商。由于他一向兢兢业业，家里渐渐富裕起来。

一天，商人又告别家人，骑马去外地经商。走着走着，他感觉又饿又渴，便开始寻找歇脚的地方。

他发现了一个园子，便下马来到跟前，坐在一棵树下乘凉。他拿出带来的枣子，一边吃，一边把枣核吐向天空。

就在怡然自得的时候，商人面前突然出现了一个身材高大、手持利剑的魔鬼。他立刻被眼前的一幕惊呆了。

"你这个可恨的人，居然杀死了我的儿子，我要让你血债血偿。"魔鬼怒气冲冲地说道。

"魔王，你一定是认错人了，我确实不曾做过这样的事情啊。"商人回答说。

"就是你！你吐枣核的时候，我的儿子刚巧从这里经过，你吐的枣核击中了他的头部，害死了他。"魔鬼不依不饶。

"魔王，我家里有未还的债务，妻子和孩子还在家等着我。求你先放过我，等我处理完这些事情，明年的今天我一定回到这里，任你处置。"商人几乎吓破了胆。

魔鬼相信了商人的话，放了他。

商人回到家中，急急忙忙办理好各项事务，清点各类东西，并将它们交给妻子保管。他向妻子和孩子讲述了旅途中发生的一切，并且写下遗书。在剩下的日子里，他和家人安安静静地生活在一起。

可怕的日子终于要来了，他沐浴过后，将寿衣带在身上，准备出发。家人舍不得他，哭作一团。

商人毅然告别了家人。

同家人分别后，商人独自来到去年的园子里。他孤独地坐在树下，想到将要发生的一切，不禁哭了起来。

这时，走来一位牵着羚羊的老人。

"这是魔鬼经常出没的地方，你独自坐在这里不害怕吗?"老人见到商人，上前问道。

商人见老人和蔼可亲，便把遇见魔鬼的事情说了出来。老人感到非常惊奇。

"你的遭遇真是离奇古怪，要是将它记录下来，说不定会对后人有所帮助。"老人说道。

出于同情，他坐到商人的旁边。

"亲爱的朋友，我绝不会离开你，我要跟你在一起，亲眼看看这个魔鬼是怎么对待你的。"老人安慰商人道。

就在这时，又来了一位带着两条黑色猎犬的老人。

"这里是魔鬼经常出没的地方，你们为何坐在这里。"第

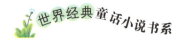

二位老人走过来问了同样的话。

商人便把遇见魔鬼的事情又讲了一遍。第二位老人也为商人的境遇而感到惋惜，也坐在了他们身边。

第二位老人刚刚坐下，又来了第三位牵着一匹花斑骡子的老人。知道了事情的经过，第三位老人同样不愿丢下商人与其他两位老人，在他们身边坐下来。

"站起来，我要杀死你，为我的儿子报仇！"一阵狂风过后，魔鬼拿着利剑出现。

商人痛苦地哭泣着，三位老人也流下同情的泪水。

"魔鬼，我想讲一个我和这只羚羊的故事，你要是认为这个故事离奇，就看在我的情面上，免掉商人三分之一的罪过吧。"第一位老人挺身而出。

"行，老头儿，你讲吧。故事若真如你所说的那样离奇，我就看在你的情面上，免掉他三分之一的罪过。"魔鬼爽快地答应了。

第一位老人开始讲他的故事。

老人身边的这只羚羊原本是他的妻子，和他在一起过了三十年。可遗憾的是，他们一直没有生育子女。最后迫不得已，老人才又娶了一个妾，她为老人生下一个男孩儿。

可是，意想不到的事情发生了。原本没有生育能力的妻子，心生嫉妒，在老人外出的那段时间，灾祸降临了。

原来妻子在年幼的时候学过魔法，她趁老人外出时，用魔法把老人的儿子变成一头小牛，把新娶的妾变成一头老牛。想一想，这是多么可怕的事情啊！

随后，妻子又将变成牛的儿子和妾交给放牧人饲养。老人在外面经商，全然不知家里发生的事情，等他满心欢喜地回到家时，却找不到了可爱的儿子和他的母亲。老人连忙询问儿子和他的母亲的下落。

"你的妾死了，你的儿子也走了，至今下落不明。"妻子撒谎说。

年底，为庆祝节日，老人让放牧人挑选一头老牛宰杀。牧人牵来的那头牛就是他的妾。老人看见不知，当卷起袖子准备宰杀老牛的时候，却看见它在流泪，得很奇怪，站在一旁，不忍心再去宰杀它，便让牧人再牵一头。

妻子见没杀这头牛，便叫嚷了起来，说牧场里没有比这头牛更好更肥的了，坚持要宰掉它。但老人还是不忍心动手，便让放牧人替他宰杀。

放牧人把它杀了，可是拨开皮一看，里面没有肉和脂肪，全是骨头。这可太奇怪啦。

老人虽然懊悔，但也无济于事，便把那堆皮毛和骨头送

给了放牧人，叫他另选一头小肥牛来。这回放牧人又把老人
的儿子变成的小牛牵来了。小牛一见到老人，就挣断了缰
绳，奔到他面前，依依不舍地望着老人，淌着眼泪，叫个不
停。

老人觉得它十分可怜，同样不忍心去宰杀它，让牧人再
牵一头来。可是，站在一旁的妻子却不依不饶，非说在这个
重大的节日，必须要宰一头顶好的牛，而牧场里再也没有比
这头小牛更好的了。

"刚才，我按照你的意思宰了那头老牛，可结果怎么
样？我们什么也没得到。这次我可不能再听你的了。"老人
生气地说道。

"这么重要的一个节日，必须宰了它。要是不宰它，你
就不是我的丈夫，我也不是你的妻子。"妻子蛮横地回答
说。

在她的威胁下，老人拿起了刀，走到小牛跟前，但还是
觉得不忍心下手。最终，只是将小牛交给了放牧人，让他继

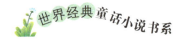

续好好饲养。

第二天，老人从放牧人口中得知一个惊人的内幕。

"老爷，我有一个女儿，她小时候学过魔法。昨天，我按您的吩咐把小牛牵回去。我女儿说：'父亲，您怎么带回一个生人来见我？'我问她：'生人在哪儿？'她说：'你带来的这头小牛其实是主人的儿子，因为中了魔法，才变成了小牛。主人的妻子在他们母子身上施了魔法。'我听了女儿的话，十分惊讶，所以今早天一亮就赶来向你报告。"放牧人说道。

听了放牧人的话，老人立刻去了他的家。他的女儿出来迎接老人。那头小牛也走了过来，在老人身上蹭来蹭去。

"你说的事儿是真的吗？"老人急忙问道。

"是的，老爷，它确实是你的儿子！"放牧人的女儿回答说。

"你若救了他，我便把牧场全部送给你。"老人对女孩儿说道。

"老爷，那倒没有必要，但我有两个条件：第一，把我许配给这头小牛做妻子；第二，允许我对你妻子施魔法，让她不再作恶，这样我才放心。"小女孩儿说道。

"你提的两个条件我都同意，除此之外，我把农场全部送给你。至于我的妻子，即使杀掉她我也不怪你。"老人气愤地说道。

得到老人的同意后，放牧人的女儿将施过魔法的水洒在小牛身上。小牛立刻变成了人。

"儿子啊，快把真相告诉我。"老人将儿子搂在怀里说。

儿子把事情的经过告诉了他，为了实现诺言，老人让儿子娶了放牧人的女儿。后来，放牧人的女儿将妻子变成了一只羚羊。

老人和儿子、儿媳过上了安静的生活。儿媳很孝顺，家务都由她来打理，邻居都很羡慕这一家人。

幸福的时光总是短暂的，一转眼许多年过去了。后来，儿媳得病死了，儿子非常伤心，离家旅行去了。

老人则牵着这只羚羊，背井离乡，流浪在外，一路打听儿子的消息，希望有一天，父子能够重新团聚，过上幸福的日子。老人的故事讲完了。

魔鬼听完了第一位老人的故事，陷入沉思。

"这个故事很奇特，看在你的情面上，就免了他三分之一的罪过吧。"魔鬼说道。

这时候，第二位老人，也就是两条猎犬的主人走上前。

"我也给你讲一个关于这两条猎犬的故事，如果您听了认为很离奇，也请你看在我的情面上，把商人的罪过免掉三分之一。"第二位老人对魔鬼说。

"你的故事如果真的很离奇，我就答应你的请求。"魔鬼表示同意。

于是，第二位老人开始讲述他的故事：

这两条猎犬原本是我的哥哥，我们生活在一起，很富足。后来，我们的父亲去世了。他给我们弟兄三人留下了三

千金币的遗产，我和我的哥哥们各分得一千金币。

我们拿这些金币做本钱，每人开了一个铺子做生意。那时候，我对自己的生活非常满意，每天收入不菲，过着体面的生活。

我的哥哥们起初也还兢兢业业，悉心打理自己的生意。可是没过多久，他们就变得不安分了。终于有一天，我大哥以一千金币的价格卖掉了他的铺子，带着货物去外地经商了。

整整一年我们都没有得到大哥的任何消息。一天，我的铺子来了一个乞丐。

"你不认识我了吗！"乞丐哭哭啼啼地问我。我仔细打量了一会儿，才认出他是我的大哥。我将他带回自己的家里，询问他分别后的情况。

"唉，我不想多说，钱都没了，真是往事不堪回首啊！"大哥无奈地说道。

我带他去洗了澡，拿出自己的衣服给他穿，留他在家里住下。后来结算铺子账目，除一千金币的本钱外，我赚了一千金币。于是，我把一千金币的利润给了大哥。

"这些钱给你，拿去好好做生意，别再往外跑了。"我对他说。他很高兴，又开了一间铺子。

过了不久，我的二哥也卖掉了他的铺子，打算去外地经商。害怕他也沦落到大哥的境地，我便竭力劝阻。可是他却听不进去我的劝告，购置了一些货物走了。

一年以后，二哥也像大哥一样，狼狈不堪地回来了。

"二哥，我不是劝过你，不要往外跑吗?"我对他说。

"弟弟啊，我后悔当初没有听你的话，我的生意一直不顺利，途中又遇到了土匪，所有财物被打劫一空。如今我穷困潦倒，看在我们兄弟一场的分上，你就帮帮我吧。"二哥哭哭啼啼地对我说。

我带他洗澡，让他和我一起生活。

"哥哥，过几天我要清点账目，所获的利润咱们平分。"我对二哥说。

"拿到钱后，你要彻底打消外出经商的念头，在家安安稳稳的过日子吧。"我接着说。

他满口答应了。

我清点账目，赚了两千金币，我留下一千，把另外一千给了二哥。

二哥拿到钱后很感动，向我保证以后会好好做生意。后来，他用这一千金币又开了一间铺子。

又过了一段时间，我的两个哥哥一起来找我，鼓动我跟他俩一块儿出去经商。两个哥哥并没有打消外出经商的念头，这让我感到十分痛苦。

"你们已经出去一次了，可是一无所获。难道我们一起去就能赚到钱吗?"我对他们说。

他们还是竭力地劝说我，对我说，和他们相比，我更有智慧，出去一定会成功的。我没有理睬他们，还是在铺子里做自己的买卖。

每年年初，我的两个哥哥就会来劝我去外地经商，我始终没有答应。过了六年，实在无法推辞，我才同意和他们一块儿出去看看。

"我们一起出去经商，你们有本钱吗?"我问。

令我想象不到的是，他们竟然两手空空。在这六年时间，他们并没有认真打理生意，每天花天酒地，把我给他们的本钱挥霍得一干二净。

我一算账，这些年我一共挣了六千金币。

我把钱分成两份，挖了一个地洞，埋下三千金币，以备不时之需。

"这三千金币我们带在身上，作为外出经商的本钱。"我对两个哥哥说。

我们每人拿了一千金币，分头去采购货物。

我们雇了一条船和几个水手，将货物搬上船，出发了。在海上漂泊的日子，并不是十分顺利，大海时而平静，时而波涛汹涌，多亏水手们很有经验，我们才没被大海吞噬。

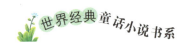

海上吃住条件虽然艰苦，但一想到货物卖出后，会得到一笔丰厚的回报，我们便对未来充满了希望。

十天，二十天，一个月后，我们终于来到了一座城市。水手们将货物卸下，运到城里。在市场上，我们将货物以十倍的价格出售，赚到了不少钱。我们三兄弟都非常高兴，在海滨的一个小酒馆饮酒庆祝，然后收拾行装，准备起程回家。

可就在这个时候，我在海滨遇见了一个衣着褴褛的女人。出于同情，我询问她是否需要帮助。

"先生，您是想做好事儿，救人于危难吗？"这个女人十分感动地说道。

"是的，助人为乐是一种美德。"我回答说。

"先生，那就请您娶我为妻吧。如果你是一个乐善好施的人，我自然会倾尽我的能力报答您。我相信我有这个能力，但愿我的窘境不至于让您嫌弃我。"女人说道。女人的话十分得体，我被打动了，决定将她带在身边。

女人随我上了船。我让她洗了澡，换上新衣服，还替她铺好了床铺。我本以为自己很幸运，却不知祸事即将发生。

在回家的路上，我的两个哥哥心生妒忌，便暗中设计要谋害我，夺取我的钱财。

"我们杀了他，这样钱财就全归我们了。"两个哥哥合计着。

在一个漆黑的夜晚，两个哥哥终于动手了。趁我们熟睡的时候，他们悄悄把我和我的妻子抬出船舱，抛入茫茫大海。

我的妻子从梦中惊醒，摇身变成了一个仙女，将我从大

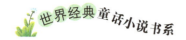

海中救起。她把我带到附近的一个小岛上，然后匆匆离去，消失在黑漆的夜幕中，直到第二天清晨才返回小岛。

"我原是一个仙女，自从那天在海边见到你，我就对你一见倾心。当初我的模样狼狈，你非但没有嫌弃我，反而愿意娶我为妻，对此我十分感激。你的两个哥哥要害你，我非杀死他们不可。"妻子信誓旦旦。

我听了她的叙述之后，感到很惊讶。因为，我并不记得昨晚发生的一切，也不知道我的两位哥哥想要谋害我。

"你真是个善良的仙女，至于你要杀死我两个哥哥，这事儿万万使不得。"我对她说。

随后，我又把开始在家中做买卖，后来被哥哥鼓动出来做生意的事情，从头到尾告诉了妻子。

"今天夜里我要把船撞沉，让他们两人淹死在海里。"妻子听后非常生气，怒气冲冲地说。

"念在他们是我的同胞手足，就饶恕他们吧。"我替哥哥们求情。

"他们作恶多端，罪有应得！"妻子坚持道。

后来，我们回到家里。朋友们纷纷前来向我道贺。

送走朋友，我独自一人来到园子里，在确认四下无人的情况下，开始挖掘之前埋藏的金币。金币闪闪发光，分文不少。

第二天，我购置货物，店铺重新开张。

哥哥们还没回来，可能还在旅途中吧。

一天，我关上店门，打算回家吃饭，刚走到家门口，就看见两条猎犬流着眼泪，正可怜巴巴地望着我。

突然，我的妻子出现了。

"这两条猎犬就是你的两个哥哥。"妻子告诉我。

我十分诧异，搞不清到底发生了什么事。

"他们怎么会变成两条猎犬呢？"我疑惑地问。

"我撞沉了他们的船，将他们送到我姐姐那里，是我姐姐施展魔法将他们变成了猎犬。作为惩罚，他们十年以后才

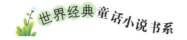

能恢复成人的模样。"妻子回答说。

从此，我的仙女妻子便同我生活在了一起。她为人正直善良，深得大家的喜欢。一家人生活在一起，其乐融融。

至于我的两个哥哥，在这十年之中，他们尽心尽力地为我看家护院。虽然变成了两条猎犬，不能同我交谈，但是从他们的眼神之中，我能看到他们是多么渴望重新变回人的模样。

今天，十年期限已满，我是带着它们去找我妻子的姐姐，让她恢复我两个哥哥的原形。我途经此地，遇见这位商人，听到他的遭遇，我便留了下来，打算看看结果。这就是我和两条猎犬的故事。到此老人的故事讲完了。

魔鬼听了第二个老人的故事，感到十分满意。

"这是一个多么有趣而又离奇的故事啊。我说话算数，就看在这个老头儿的情面上，再免掉他三分之一的罪过吧。"魔鬼发出可怕的笑声。

商人仿佛看到了希望，急忙催促第三个老人讲故事，希望能最终获得解脱。

"别忘了，你还有三分之一的罪过。如果第三个老人的故事不够离奇，你照样要死。"魔鬼恶狠狠地说。

"魔鬼，我的故事一定不会让你失望的。"第三个老人上前说道。

"那你就开始吧。"魔鬼说道。

第三个老人开始讲述他的故事：

我身边的这只骡子原来是我的妻子。起初，我们的生活得很幸福。婚后的几年里，她恪守妇道，任劳任怨。我们彼此尊敬、相亲相爱，度过了几年美好时光。后来，我有事外出，去了一个很远的地方。

这段时间，我一点儿也不知道家里发生的事情。这个卑鄙的女人，居然和城里的一个地痞厮混在一起，完全不顾及一个女人的尊严。就在我出行的一年里，她变成了一个无耻的女人。

回来时，还没等我进家门，左邻右舍就告诉了我妻子的丑行。我将信将疑，想到妻子平常的表现，认为她不可能做出这样的事儿。

进了屋，妻子发现我的脸色不对，便马上明白是邻居们说了她的坏话。见自己的无耻行为已经败露，她便想谋害我。

她一边哄我坐下休息，一边拿来一杯水让我喝。可谁承想，趁我没提防，她竟然将杯里的水倒在了我的身上，并且口念咒语将我变成了一条狗。

由于事发突然，我瞬间失去了抵抗能力。我心中充满怒火，却无法发泄，只能狠狠地盯着她，发出吼叫。

后来，这个可恨的女人竟将我赶出家门，我成了一条流浪狗。

在流浪的日子里，我尝尽了人世的艰辛。作为一条狗，我经常没有饭吃，只能靠好心人偶尔扔的食物过活。我露宿街头，夜晚的天气总是很冷，我只能努力蜷着身子取暖。我走街串巷、居无定所，还经常遭到小孩子们的殴打。那真是一段不堪回首的往事。

后来，我走进一家肉店去啃骨头，店主见了，十分可怜我，便把我收留了下来。

店主的女儿见到我，说我是一个被施过魔法的人，还说有办法让我变回人的模样。

店主的女儿取来一壶水，对着壶念了一会儿咒语，然后把水洒到我身上。

"可怜的人啊，快恢复原样吧。"店主的女儿念道。

我果然变回了人形。变回人形后，我便立即想到了复仇。

"我妻子是个可恶的女人，求你对她施加魔法。"我请求店主的女儿。于是，她重新提来一壶水，对着壶念了一段咒语，然后将壶交给我。

"等她睡觉的时候，把水洒到她身上，你想要她变成什么，就对着她念叨什么，你的愿望就会实现。"店主的女儿说。

我悄悄来到我家附近，察看动静。这个卑鄙的女人并不知道我已经变回了人，继续和那个地痞斯混在一起。

深夜，我带着施过魔法的水壶，悄悄潜入家中。我妻子一点儿没察觉。趁她熟睡之际，我将壶里的魔水洒到她身上。

"卑鄙可恨的女人，变成一头骡子吧。"我念叨着。

话音刚落，她瞬间就变成了一头骡子。我终于报了大仇。老人的故事讲完了。

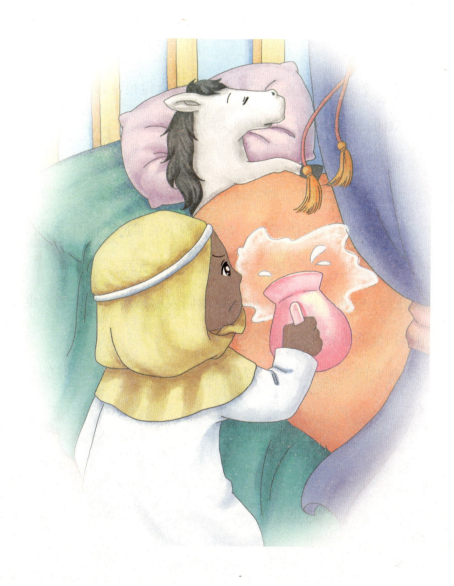

"魔鬼，你现在看见的骡子，就是我的妻子。"第三个老人指着骡子说。

第三个老人讲完骡子的故事，魔鬼觉得很奇特。

"真的是这样吗?"魔鬼回头问骡子。

骡子点了点头。

魔鬼沉默了一下，觉得这个故事也很离奇。

"那就看在你的情面上，免除他剩下的罪过。他自由了，你们带走他吧。"魔鬼说完立刻消失得无影无踪。

商人走到三个老人面前，对他们表示感谢。三个老人也很高兴他能重获新生。

商人回到家中，和家人团聚，又开始了幸福美好的生活。

巨人山的故事

村里有间咖啡馆，年轻人都喜欢到这里聊天。

聊天的时候，只要有谁吹嘘自己如何勇敢，就会有人大声地说："你真的很勇敢，很了不起吗？如果你真那么有本事，就去大山里找那个巨人婆子，整治她一下，再把她的耳朵割下来，那才真叫厉害呢！"

有个叫凯尔格朗的少年，经常去咖啡馆，也经常听人提起巨人婆子。

"谁知道巨人婆子在哪儿？"凯尔格朗问道。

"听说找巨人婆子，得一直往东走，过许多条河，翻许多座山呢!"有人大声告诉他。

晚上，凯尔格朗从咖啡馆回来，对妈妈说："妈妈，我要去山里找巨人婆子，制服她!"

妈妈吃惊地看着儿子，心里想："这孩子是不是疯啦?"她摸了一下凯尔格朗的额头，颤声问道："你知道巨人婆子有多厉害吗?"

"难道我不够勇敢吗?我一定要去找那个巨人婆子!"凯尔格朗信心十足地说。

为了说服儿子不去冒险，妈妈磨破了嘴皮，绝不允许儿子去干这种荒唐事。

可是，凯尔格朗不听劝告，收拾行李去了。

"去吧，找死去吧!让巨人婆子吃了你，就当我没你这个儿子!"妈妈大声嚷嚷起来。

第二天，凯尔格朗告别母亲，走出家门。

天下着大雪，路已被雪埋住了。上路后，凯尔格朗在雪地里一刻不停地走呀，走呀，不知摔了多少跟头，也不知磕出多少伤。翻过山梁，走进山谷；从寒风刺骨的冬天，走到鲜花盛开的春天；从烈日炎炎的夏天，走到果实累累的秋天。渴了，他就捧起山泉水喝个痛快；饿了，就摘树上的野果子吃；困了，就钻到山洞里睡上一觉。

有时，凯尔格朗也想念妈妈，尤其是夜里冻醒的时候。不过，他很快就重新抖擞精神上路了。他心中只有一个信念：找到巨人婆子，整治她一下，再割下她的耳朵。

凯尔格朗终于来到巨人婆子的领地。他使出全力，登上烟雾升腾的山顶，见巨人婆子正背靠大山，坐在那里晒太阳呢。巨人婆子的乳房非常巨大，左乳房搭在右肩上，右乳房搭在左肩上。

凯尔格朗在那里想了一会儿，悄悄地走到巨人婆子的背后，捧起她的乳头，吮吸起来。

"你叫什么名字呀？"巨人婆子转过头问道。

"凯尔格朗。"他回答道。

"对喽，凯尔格朗，你如果不是一上来就吸我的乳汁，我早就吃了你啦！现在，你吸了我的乳汁，就做我的乳儿吧！不过，我的儿子们很快就会回来，你可别让他们看见，不然你就没命啦。记着，乖乖地听话，别惹他们。好啦，现在我把你变成一把扫帚藏起来吧！"巨人婆子说着，将凯尔格朗变成了一把扫帚，放到门后去了。

忽然，大地抖动起来。原来，是巨人婆子的儿子回来了。他们一进屋，就吸着鼻子闻来闻去。

"家里怎么有生人的气味？"一个儿子问道。

"生人？哪有啊？快去把牙齿剔一下，准是人肉塞住你们的牙缝了！"巨人婆子敷衍着。

他们折下树枝，剔起牙齿来。巨人婆子生起火来，火舌向外伸展，不断地舔着咖啡锅。

"一个普通人的儿子，吃了我的乳汁，他该是你们的什么人呀？"巨人婆子试探地问。

"弟弟。"巨人儿子们齐声回答。

"那你们还吃他吗?"巨人婆子又问。

"当然不吃了!"巨人儿子们答道。

"那就好。"巨人婆子说着,拍了拍扫帚,一转眼,凯尔格朗就出现在大家面前。

"这就是你们的弟弟。"巨人婆子说道。

凯尔格朗太矮小了,巨人儿子们谁也没有兴趣搭理他。凯尔格朗假装跟巨人儿子们问好之后,就悄悄躲到一边儿了。

凯尔格朗开始琢磨逃脱的办法。

喝过咖啡,大家都睡下了。巨人婆子给儿子们盖上被子,当然也给凯尔格朗盖上了被子。

"哪个睡了?哪个没睡呀?"过了一会儿,巨人婆子问道。

巨人儿子们打着鼾,呼噜声震得四周发颤。

没睡的只有凯尔格朗。

"我没睡着,妈妈。"凯尔格朗回答说。

"我的儿子，为什么睡不着呀？"巨人婆子问道。

"我就是怎么也睡不着。"凯尔格朗推开宽大的被子说，"在家里，如果睡不着，妈妈就会做饼给我吃。吃过饼，我立刻就能睡着了。"

"哦，原来你是要吃东西呀，你可真麻烦！"巨人婆子嘟哝着去和面了。她在厨房里弄了好一阵儿，饼烙好了，甜饼和咸饼各装一盘，端给凯尔格朗吃。

"多好吃的饼啊！"凯尔格朗吃完说道。

凯尔格朗吃完饼后走到自己的铺位，连衣服都没脱，就直接躺下了。

"哪个睡着了，哪个没睡着呀？"没过多久，巨人婆子又问。

"我没睡着，妈妈。"凯尔格朗回答说。

"我的儿子，为什么还是你睡不着呀？"巨人婆子十分疑惑。

"饼吃多了，都胀在肚子里，好难受呀！如果在家里，我就会再吃一只填馅小羊羔，之后肚子里的饼就能消化掉了。"凯尔格朗说道。

"哎呀，你真是太缠人啦！"巨人婆子有些不耐烦了，可总得让凯尔格朗睡着呀，再说，折腾了这么长时间，她自己也饿了。于是，巨人婆子嘟哝着，起身去做填馅小羊羔了。

过了好一会儿，填馅小羊羔做好了。凯尔格朗和巨人婆

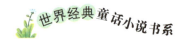

子一起吃完了整只填馅小羊羔。

吃完后，凯尔格朗又回到自己的铺位，还是连衣服也没脱就躺下了。

"哪个睡着了？哪个没睡着呀？"不一会儿，巨人婆子又一次问道。

"我没睡着，妈妈。"凯尔格朗起身说道。

"我的儿子，你为什么还睡不着呀？甜饼吃了，咸饼吃了，填馅小羊羔也吃了，你还想要什么？"巨人婆子有些不耐烦了。

"我吃得实在太多了，我想到外头去拉……拉屎……"凯尔格朗不好意思地说道。

"你可不要逃跑呀，凯尔格朗。"巨人婆子有些不放心地说。

"这里有这么多好吃的，我为什么要逃跑呢？如果不放心，可以用一根绳子拴住我的脚。"凯尔格朗假装诚恳地说。

"这个主意不错!"巨人婆子用绳子的一头拴住凯尔格朗的脚,另一头提在自己的手里。

凯尔格朗拖着绳子来到了厕所门口,弯腰解下绳子,把绳子牢牢地拴在厕所的门框上,然后悄悄地离去。

"喂,凯尔格朗,完事了吗?"巨人婆子在屋里等了一会儿,见凯尔格朗没回来便问道。

没人回答,巨人婆子又喊了一声,还是没人回答。于是她拉了拉绳子,因为用力太大,竟把厕所的门拉得咯吱咯吱响。

她忽然明白了,走到厕所门口一看,顿时气坏了,发了疯似的去追凯尔格朗。

巨人婆子很快追到花园,将花园里的一棵树毫不费力地连根拔起,扛在肩上。树上的鸟窝纷纷落下,鸟儿惊叫着飞舞起来。

"叽叽叽,喳喳喳,巨人婆子发疯啦!"

巨人婆子哪管这些,号叫着一路追赶过去。她的铁皮腰

带也叮叮叮，当当当，一路响个不停，仿佛在与鸟儿的叫声相呼应。

"好你个凯尔格朗，给你奶吃，给你被子盖，给你做甜饼、咸饼，还给你做填馅小羊羔……你竟敢欺骗我，待会儿抓住你，一定把你撕碎吃掉！"巨人婆子扛着大树，嘟哝着，号叫着，旋风般地向山外追去。

凯尔格朗跑啊跑，忽听巨人婆子号叫着追了上来，惊恐万分。

"青蛙妹妹，快把我藏起来吧。不然巨人婆子会吃掉我的。"凯尔格朗向路旁的青蛙求救。

"别害怕，我来帮你。"青蛙痛快地答应了。

它把凯尔格朗藏进沼泽地里，自己坐在上面，呱呱呱地唱起歌来。

可是，一看见扛着大树跑来的巨人婆子，青蛙吓得差点儿昏死过去。

"快些走开吧！巨人婆子会把我们吃掉的！别给我惹麻

烦。"青蛙急忙对凯尔格朗说道。

凯尔格朗没办法，只得从沼泽里跳出来，一身泥水地朝前跑去。跑啊，跑啊，他碰见了一只乌龟。

"乌龟大哥，看在老天的分上，快把我藏起来吧！你看，巨人婆子快追上来了。她抓住我，会把我吃掉的。"凯尔格朗央求道。

"凯尔格朗，别害怕，我来帮助你！"乌龟慢吞吞地说道。

乌龟把凯尔格朗藏在自己的壳下，然后闪在路边，伸出头来查看动静。

"巨人婆子来了吗?"凯尔格朗问道。

"她来怕什么？我的龟壳比铁还要硬，我缩在壳里，她什么办法也没有！"乌龟说。

可是，一看见扛着大树跑来的巨人婆子，乌龟也吓坏了。

"快走开吧！巨人婆子会把我和你一起吃掉的！别给我

惹麻烦，凯尔格朗，你快自己跑吧！"乌龟慌忙地对凯尔格朗说道。

凯尔格朗只好从乌龟壳下跑出来，跑啊，跑啊，跑得筋疲力尽，忽然遇见了刺猬。

刺猬站在路中央，推着石磨。石磨相互磨着，唱起欢快的歌儿。

"切哩凯里，切叽纳叽……切哩凯里，切叽纳叽……"

"刺猬兄弟，快把我藏起来吧！你看，巨人婆子快要追上来了，她会抓住我，把我撕碎吃掉的！"凯尔格朗蹲下身来，央求刺猬。

刺猬把凯尔格朗藏在石磨下面，又开始推磨，两块磨石相互磨着，唱起欢快的歌儿。

"切哩凯里，切叽纳叽……切哩凯里，切叽纳叽……"

"巨人婆子来了吗?"凯尔格朗问道。

"别害怕，凯尔格朗，我有办法对付她！"刺猬胸有成竹地说。

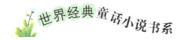

不一会儿，巨人婆子追上来，对着刺猬大声吼道："赶快把凯尔格朗交出来！我知道，是你把他藏起来了！"

"凯尔格朗？我不认识。"刺猬摇摇头，又继续推磨，两块磨石依旧唱着欢快的歌儿。

"切哩凯里，切叽纳叽……切哩凯里，切叽纳叽……"

巨人婆子放下大树，地上掀起一阵尘土。她知道，跟刺猬用嘴说是没用的。于是抓起刺猬，一口吞进肚子里……

可是，刺猬在巨人婆子的肚子里不停地伸缩，浑身的刺儿不停地刺向巨人婆子的五脏六腑。

巨人婆子疼痛万分，捂着肚子乱转，最后只好把刺猬吐了出来。

"切哩凯里，切叽纳叽……切哩凯里，切叽纳叽……"
刺猬又推起磨来。

巨人婆子恼羞成怒，抓起刺猬，又一口吞了下去。可是她最终还是把刺猬吐了出来。

刺猬坐在路中央，若无其事地推着磨，两块磨石互相磨着，依旧唱着欢快的歌儿。

巨人婆子更加恼怒，随手抓下几片树皮，扬上天空。树皮落在地上，发出啪啪的响声。

刺猬假装没看见，继续推他的磨。巨人婆子实在受不了刺猬的轻视，狂躁地抓起刺猬，第三次吞进肚子里。

可是这一回，她只捂着肚子转了几圈，就号叫着倒了下去。巨人婆子像山石崩塌一样，重重地倒在地上，死了。

刺猬从巨人婆子嘴里钻出来，站在路中央，继续推他的磨。

"切哩凯里，切叽纳叽……切哩凯里，切叽纳叽……"

听到外面没有巨人婆子的声音了，凯尔格朗轻声问道："刺猬老弟，怎么样啦？"

"喂，凯尔格朗，出来吧！巨人婆子再也不会找你的麻烦啦！"

凯尔格朗从磨石底下爬出来，坐在树干上一阵喘息。

"谢谢你，刺猬老弟，你真是最勇敢的刺猬！"凯尔格朗

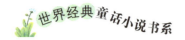

赞叹不已。

"勇敢谈不上，遇事不慌，才是最重要的!"刺猬说道。

凯尔格朗点点头，掏出腰刀，割下了巨人婆子的两只耳朵，放进衣袋。他谢过刺猬，匆匆往家赶去。

一年后，凯尔格朗终于回到村里。他做的第一件事，就是去乡村咖啡馆。

年轻人依旧在吹嘘自己如何勇敢，如何了不起。一旦有人吹得太离谱了，依旧会有人说："你真的很勇敢吗？真的很了不起吗？为何不去大山里找那个巨人婆子，整治她一下，再把她的耳朵割下来呢!"

凯尔格朗听了，从衣袋里掏出两只大耳朵。

"夸夸其谈是成不了事的。瞧，这就是巨人婆子的耳朵。"凯尔格朗说道。

看着巨人婆子的耳朵，咖啡馆里的人惊叹不已，纷纷称赞地说："凯尔格朗，好样的!"

凯尔格朗想到自己已经两年没回家了，妈妈一定很担心，便飞一般地朝家里跑去。

见到日思夜想的儿子，妈妈紧紧地抱住了他。

"儿子，我都担心死了。这两年都发生了什么事？"妈妈问道。

凯尔格朗把如何找到并杀死巨人婆子的经过说了一遍。

"战胜巨人婆子，刺猬的功劳最大。可我在咖啡馆里并没有说出真相。"妈妈去了厨房，凯尔格朗坐在桌旁想。

第二天晚上，凯尔格朗来到咖啡馆，向大家讲了事情的经过。

"其实，我不是最勇敢的人，没有刺猬的帮助，我早就死了，哪里还能见到大家呢？"凯尔格朗诚恳地说。

所有的人都称赞他的诚实，并且争相把最好的礼物送给他。那一天，凯尔格朗成了整个村子最受欢迎的人。

这天晚上，妈妈特意为儿子做了一顿丰盛的晚餐。凯尔格朗品尝着妈妈的手艺，不禁想起巨人婆子做的甜饼、咸饼以及填馅小羊羔！

魔力玫瑰

从前，有一个国王，他治国有方，百姓安居乐业。

国王有一个独生女，有着倾国倾城的美貌，是一位绝代佳人。很多人都想一睹公主的芳容，但都未能如愿，因为公主从不出房门半步。

另一个王国的王子听说后，决定不远万里去见公主，他准备好行装便上路了。

两个王国相隔千山万水，王子不辞辛苦，夜以继日地赶路。

"不管怎样，我一定要见到公主。"王子下定决心。

王子的钱用光了，衣服也破了，没办法，只好一路乞讨。

一天，他来到一个果园。此时正值酷暑，王子口渴难耐，便走进果园，在葡萄树下大吃起来。

突然，他发现不远处有一个亭子，里面有一张宽大的躺椅，上面躺着一个女人。

女人是果园的管理员，三天醒来一次，巡视一下果园，然后继续睡觉。王子正吃着葡萄，偏偏这时女人醒来了。

"天啊，要是她知道我偷吃了葡萄，一定会痛打我一顿，怎么办呢？"王子惊慌失措。

女人看见王子，径直朝他走来。

"我实在太渴了，才吃了您的葡萄，请您原谅。"王子解释说。

"你从哪儿来，要去哪儿，不说实话我饶不了你！"女人威胁道。

王子如实讲了事情经过。

"唉，去那里要走很远的路，而且即使到了那里，也未必能见到公主，你还是别去了。"女人十分同情王子。

"不，我一定要见到她！"王子态度坚定。

"公主中了魔法，忧郁寡言，不愿见任何人，只有解除魔法，你才能见到她。"女人对王子说。

"怎样才能解除她的魔法呢？"王子问道。

"这个秘密我从未向任何人透漏过，但看你受了这么多苦，就告诉你吧。你从这里一直走，会看到一个花园，花园里有一棵玫瑰树。你摘下一朵玫瑰花，想办法戴在公主头上，魔法就会立即解除，公主就会同意见你。"女人指着前方说道。

不知走了多久，王子终于来到花园，一只很大的猫站在门口。原来，正是这只猫给公主施了魔法。

王子向猫讲了自己的遭遇，猫被王子的真情打动，放他进了花园。

王子来到玫瑰树下，摘下一朵很大的玫瑰花，然后继续

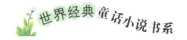

赶路。

又走了几个月，王子终于来到了他朝思暮想的王国。

王子来到一家旅馆，向老板讲了自己的遭遇。老板十分同情他，热情地接待了他。

晚上，王子正准备上床休息，突然听到人们在谈论公主。

"要是能骗过公主的奶娘就好了，只有她能接近公主……"人们议论纷纷。

第二天，王子在街上恰巧碰见了公主的奶娘，便急忙走上前去。

"婆婆，我是个卖玫瑰花的穷人，现在只剩下一朵了。"王子拿出玫瑰花。

"多好看的花啊，正好送给公主，多少钱？"奶娘问道。

"既然是送给公主，那就不要钱了，反正只剩下这一朵了。"王子说道。

奶娘回到王宫，把玫瑰花递给公主。

公主看见如此美丽的玫瑰花，便把它插在了头上。顿时，她的心中燃起了爱情的火焰。

"我想去花园走走。"公主突然说道。

奶娘很惊讶，因为公主已经很多年没出屋了。于是，她陪着公主去花园散步。

"你从哪儿弄来的玫瑰花，怎么我一戴上它，就有一种莫名其妙的感觉？"公主忍不住问道。

"是一个年轻人送给我的。"奶娘回答说。

"我想见见这个年轻人。"公主说道。

"我们在街上相遇，谁知道他现在去哪儿了！"奶娘回答

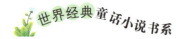

说。

"不管怎样，我一定要见到他。"公主坚持道。

奶娘赶紧去找王子，没想到王子正在门口等候。

"年轻人，你的玫瑰花真神奇，公主一戴在头上，马上就精神了。她想见你，你跟我来吧，我给你五个铜币。"奶娘说道。

"好吧，我可以去见公主，但我不要钱。"王子心中窃喜。

王子随奶娘走进王宫。公主从窗里看见王子，立刻爱上了他。

公主写了一张纸条，从窗口扔下来。

"今晚在花园相见。"王子看完纸条，心里乐开了花。

晚上，王子悄悄潜入花园。公主已经等候多时，一见面，两人便互诉衷肠。

天亮时，国王发现公主不见了，连忙派人四处寻找，最后在花园里发现了公主和王子。

"这是怎么回事儿，你是谁，怎么进来的，为什么和公主在一起?"国王大声问道。

王子急忙向国王解释。

"原来是这样，谢谢你治好了我女儿的怪病，我愿意成全你们。"国王十分高兴。

国王为王子和公主举办了盛大的婚礼，举国欢庆。

从此，王子和公主开始了幸福美满的生活。

马来·德让的故事

从前，有一个人叫巴哈维金，养了一辈子骆驼。他一天天变老，打算把养骆驼的事交给自己的儿子马来·德让。

"这些骆驼你都可以卖掉，但一定要记住，千万不能卖掉最老的那匹！"父亲告诉他。

于是，从那天起，马来·德让接手了整个骆驼群，每天和骆驼待在一起。有一天，一个骑马的男人来到骆驼群前面。

"能卖给我一匹骆驼吗？"他问。

"可以，你自己挑吧，看好哪匹就牵走哪匹。"马来·德让回答。

"这匹最老的骆驼怎么卖?"男人一眼就选中了那匹最老的骆驼。

"这匹不卖!"马来·德让着急了。

"为什么不卖?"男人很疑惑。

"我父亲不让卖。"马来·德让说明原因。

"你想不想要我这匹漂亮的马?"男人又看了老骆驼一眼。

"当然想要!"马来·德让望着那匹骏马,眼里放出了渴望的光芒。

"那我们交换吧,连同银马鞍都给你。"男人提议。

"就这么定了!"马来·德让高兴坏了。

男人跳下马,把缰绳递给他,然后骑上老骆驼走了。

马来·德让还没来得及高兴呢,就发现其余的骆驼全都跟在老骆驼后面一起奔跑。

马来·德让恍然大悟,这才明白为什么父亲不让卖老骆驼，因为它是所有骆驼的首领！

他骑上马，打算拦下骆驼群，可根本无济于事。马来·德让又追上那个男人，想换回老骆驼。可男人根本不理他，用鞭子抽打着老骆驼，一直向前奔去。马来·德让骑着马追出去很远。最后，那匹马累死了。

马来·德让害怕父亲责备自己，所以不敢回家，一个人孤独地在路上走着。

不知不觉中，他来到一座石头山谷。马来·德让感到口渴，摘下皮囊去河边装水，忽然发现岸边有一个血红色的宝石项圈。他捡起项圈，放到口袋里，继续向前走去。

就这样走了好久，马来·德让终于来到另一个国家。他买了一顶帐篷，打算在这个国家定居。马来·德让想：如果把红宝石项圈献给国王，国王一高兴，也许会给自己一份工作。

于是，他把项圈装到一个盘子里向王宫走去。国王对这件礼物非常满意，赏了马来·德让一件长袍，还让他当传令兵。有一天，国王找来马来·德让。

"我有两个女儿，都很喜欢红宝石项圈，现在你再去找一个。如果找不到，小心你的脑袋!"国王命令道。

马来·德让只好答应下来。他骑着马动身了，又来到那座石头山谷。

马来·德让沿着小河往前走，忽然看到河岸上全是红宝石。他拿出口袋装了满满一包，正准备往回走，无意中一抬头，发现在一处高高的山岩上，躺着一位美丽的姑娘。

马来·德让爬上山岩一看，这个姑娘已经死了，身上的伤口正流着鲜血。鲜血流到河岸上，变成了一颗颗红宝石。

这时候，山谷里刮起了旋风，天空中轰隆隆打起雷来。马来·德让急忙躲进山洞。

这时，一个妖怪从天上飞过来，落在姑娘身边。他从岩石上拿起一只玻璃瓶，在姑娘的伤口上碰了一下。姑娘的伤口立刻愈合了，睁开眼睛坐了起来。

妖怪把自己丑陋的脑袋枕在姑娘的膝盖上睡着了。姑娘用梳子替他梳理胡须。

　　第二天早上，妖怪醒后，用刀子杀死姑娘后飞走了。马来·德让从山洞里走出来，拿起岩石上的玻璃瓶，放到姑娘的伤口上。姑娘立刻醒了过来。

　　"野驴走到这里，会跌断蹄子；鸟儿飞过这里，会折断翅膀，你是怎么来到这里的呢？"看到马来·德让，她感到非常意外。

"我是因为有事才到这里来的。你知道妖怪的灵魂藏在哪儿吗？只有找到他的灵魂才能把你救出去！"马来·德让说。

姑娘摇头表示不知道。

"等妖怪回来的时候，你一定要问他灵魂藏在哪儿。如果他不肯说，你就苦苦哀求。"马来·德让给姑娘出了个主意。

马来·德让把玻璃瓶放回原处，躲回到山洞中。到了晚上，天空又刮起了旋风，伴随着轰隆隆的雷声，妖怪回来了。

"我今天射死了一头羚羊，我们可以痛痛快快地大吃一顿了。"他弄醒了姑娘，让姑娘去做点儿饼。

妖怪在火堆前烤了一些羚羊肉。两个人吃起晚餐来。

"亲爱的妖怪，能告诉我你的灵魂藏在哪儿吗？"姑娘问道。

"为什么要问这个问题，你这个坏女人！"妖怪咆哮着。

"你把我从父母身边抢过来，现在我只能依靠你了。如果你再有什么三长两短，我该怎么办呀？除非我知道你的灵魂藏在哪儿，是不是安全，这样我才能放心。"姑娘可怜兮兮地说。

"好吧，我告诉你。现在你掰开一块饼，涂上羊油。"妖怪心软了。

姑娘按照他说的做了。妖怪搬开身下的一块大石头，露出一个泉眼。他把涂了羊油的饼扔进泉水里，马上游过来一条鱼，嘴上带着一只银环，一口把饼吞进肚子里。

"看见了吧，我的灵魂就藏在这条鱼的肚子里，谁也发现不了。"说完，妖怪又用石头重新盖住泉眼。

马来·德让躲在山洞里看到了这一切。第二天一早，妖怪又飞走了。马来·德让用瓶子救活了姑娘。

"赶紧做饼！"他焦急地对姑娘说。

姑娘做好了饼，涂上羊油。马来·德让搬开那块石头，把饼扔进泉水里，那条带着银环的鱼立刻游了过来。

他一下子就把鱼捞了出来。就在这时，大地忽然颤抖起来。妖怪预感到事情不妙，飞快地往回赶。

马来·德让用刀子剖开鱼肚子，掏出妖怪的灵魂，狠狠地捏碎。妖怪还没来得及回来，就死在了半路上。

马来·德让跳上马背，把姑娘拉上来坐在自己前边。两人骑着马回去了。

马来·德让带着红宝石向国王交差去了，把姑娘留在家中院子里。

国王看到这么多的红宝石非常满意，夸了他几句就把他打发走了。

马来·德让家隔壁有个多嘴的老太婆。她从围墙的缝隙中发现了姑娘，顿时惊呆了。

"天呀，她简直比仙女还要漂亮，就算国王的王妃也没有这么漂亮啊！这样的姑娘怎么会出现在这个穷小子家里？"老太婆自言自语。

她转念一想：我要是把这件事告诉国王，他一定会奖赏

我的！老太婆越想越高兴，用最快的速度朝王宫跑去。

听了老太婆的话，国王的两只眼睛放出饿狼一样的光芒，立刻把最信任的谋士找来。

"你立刻带人把传令兵马来·德让家里的姑娘给我抢回来，否则，我就砍掉你的脑袋！"他大声说。

"陛下，您要是直接强抢民女会引起民愤，最好先交给马来·德让一个不可能完成的任务，在他失败后砍下他的头。这样，您就可以把那个姑娘带回王宫了。"谋士听完说道。

国王觉得很有道理。

"应该给马来·德让出点儿什么难题呢？"国王对谋士和蔼起来。

"让他去森林里弄点儿狮子奶回来，就说要为您已经去世的母亲治疗感冒。这样，他一定会被狮子撕成碎片，再也回不来了！"谋士阴险地回答。

国王觉得这个主意非常不错，就派人传来马来·德让。

"在所有传令兵中，你是最出色的，也只有你能完成今天这个任务。我母亲得了重感冒，需要狮子奶治病。限你三天之内把狮子奶带回来，否则我就砍掉你的脑袋。"他对马来·德让说。

马来·德让接受了这个任务，垂头丧气地回到家中。

"怎么愁眉苦脸的，发生什么事情了吗？"姑娘关心地问。

"国王交给我做一件根本没办法完成的事情！"马来·德让把国王要狮子奶的事情同姑娘讲了一遍。

"这点儿小事至于把你愁成这样吗？你到森林里去找一只老雄狮，它脚上扎了一根刺，已经痛苦好几年了。你带上一把打铁的钳子，帮它把脚上的刺拔出来。拔刺之前，一定让它发誓保证不会伤害你。"姑娘笑着说。

马来·德让听完之后心里踏实了一些。他带着钳子来到森林，果然看到了一只老雄狮很痛苦地躺在那里。

"狮子先生，我能帮你把脚上的刺拔出来，不过你要先发誓不会伤害我。"马来·德让礼貌地说道。

"好心人，求求你帮我减轻痛苦吧，我会满足你所有的要求，我发誓不会伤害你！"雄狮苦苦哀求。

马来·德让这才放下心来，走到狮子面前，认真观察它的脚掌。有一根很粗的树枝扎在老狮子的脚掌上，难怪它会这么痛苦！

马来·德让用钳子夹住树枝，用力往外拔。狮子很疼，但没有用爪子攻击他。树枝拔出后，它顿时舒服多了。

"你帮了我一个大忙，有什么要求尽管提！"老狮子很感激他。

"我想要一些狮子奶。"马来·德让赶紧抓住时机。

"所有的母狮子都到我这儿来！"老狮子摆摆脑袋，对着森林大喊。

不一会儿，一群母狮子就乖乖地跑了过来。

"你们跟着我的恩人走出森林，到城里去给他挤点儿奶！"老狮子命令道。

于是，母狮子们跟在马来·德让身后，向城里走去。守城的士兵看到马来·德让带领着一群狮子来到城外，赶紧跑到王宫去向国王报告。

"都是你出的馊主意，这下可怎么办？"国王连忙喊来谋士商量对策。

"这小子命真大，竟然没被狮子撕成碎片。现在只有您亲自出去，让他把狮子打发回去。"谋士很尴尬。

国王只好走出去，拦住了马来·德让。

"我最勇敢的传令兵，你真是太棒了。但是我母亲的感

冒已经好了，不需要狮子奶了，你把这些狮子赶回森林去吧!"他面带微笑。

"完全可以，但是这些狮子要饱餐一顿羊肉才肯走。"马来·德让说。

"需要多少只羊?"国王问。

"十只。"马来·德让回答。

"先从你的羊群里赶出十只羊来。"国王命令谋士。

"你赶紧从羊群里赶出十只羊来!"谋士感到心疼，于是叫来牧场主。

"你们赶紧从羊群里赶出十只羊来，这些羊算你们弄丢的，以后我会从你们的工钱里扣!"牧场主也舍不得，于是叫来贫穷的雇工们。

"算了，狮子们说不太饿，就不在这吃饭了。"马来·德让本来想给国王点儿教训，没想到最后受苦的还是雇工们。

国王气冲冲地回到王宫。

"我实在等不及了，这次你给我想个狠毒一点儿的主意。"他又找来谋士。

"你让他去找一张符。这张符能让'苹果哭，石榴笑'。这次他一定搞不到！"谋士自信满满。

国王听了谋士的建议，又找来马来·德让。

"勇敢聪明的传令兵，你是个了不起的人。我生病了，需要一张符来治疗。这张符能让'苹果哭，石榴笑'。现在你就去找，找不到我就砍掉你的头！"国王对马来·德让说。

马来·德让又愁眉苦脸地回到家，把事情的经过说给姑娘听。

"别发愁了，这种符虽然不好找，但我会帮助你。在离这儿很远的地方，有一位火爆仙女，只有她有这种符。你要是照我的方法去做，很快就能到达那里。"姑娘安慰他。

"你迎着日出的方向，顺着小路一直走。天黑的时候会看到一座破塔，你在那里住一夜，会有人把你送到火爆仙女花园的大门外。这时，你会看见我的妹妹，立刻把我写的信交给她，她会告诉你接下来怎么做。"她歇了口气接着说。

马来·德让拿着信，告别了姑娘，迎着日出的方向走去。他一直走到了天黑，果然看到一座破塔。

半夜，马来·德让被一阵马蹄声惊醒了，睁眼一看，一个黑衣骑士骑着马来到塔前。

"上马，闭上眼睛，坐稳了！"黑衣骑士把他拉上马背。

骏马腾空而起，在天空中飞翔着。没过多久，它落在地上。

"可以睁开眼睛了。"黑衣骑士命令道。

马来·德让睁开眼睛，发现自己站在一个洒满阳光的花园门口，而黑衣骑士不见了踪影。他正四处打量，忽然，一个姑娘手里握着一把锋利的短剑向他刺来，看长相正是姑娘的妹妹。

"这是你姐姐让我交给你的信！"马来·德让急忙掏出信。

"姐姐怎么能让美男子来送死呢！"妹妹看完信皱了皱眉。

妹妹带他走进花园，来到一个豪华的房间。

"你先在这待会儿，记住，什么也不能吃，什么都不能动！"妹妹嘱咐道。

晚上，女仆们精心准备好了晚餐。火爆仙女回来了，一口饭菜没吃就睡着了。可是，马来·德让很饿，躺在床上翻来覆去睡不着。

他实在受不了了，从床上爬起来，打算找点儿吃的。马来·德让随便走进一间卧室，看到桌子上摆着丰盛的菜肴，立刻扑了上去，狼吞虎咽地吃起来，把所有的饭菜都吃没了，然后心满意足地溜回自己的房间。可他万万没有想到，放食物的那个房间，正是火爆仙女的卧室。

半夜，火爆仙女醒了，感觉有些饿，就喊来女仆。当女仆们把灯点亮时，发现桌子上全是空盘子！

"你们这群废物，竟敢偷吃我的晚饭！"火爆仙女用鞭子抽打女仆，愤怒地吼叫着。

女仆们不停地求饶，都说没有偷吃。火爆仙女打够了，发誓一定要抓到偷吃晚餐的家伙，然后狠狠教训他一顿。

第二天晚上，她用小刀割破手指，撒上一些盐和胡椒面，这样就会一直保持清醒。

火爆仙女躺在床上，假装睡着了，却没有熄灯。马来·德让又来到她的房间找食物，刚坐到桌前，火爆仙女就从床上跳了下来。

"你这个偷吃食物的贼!"她大喊。

可就在这时，火爆仙女忽然停了下来，眼神也变得温柔了。原来，她看到马来·德让是个非常帅气的小伙子，一下子爱上了他。

"你是怎么来到我这儿的?"火爆仙女的语气很和善。

"我想求你给我一张符，一张能让'苹果哭，石榴笑'的符。"马来·德让回答说。

"好的，我会给你这种符，不过……不过你要先亲吻我。"火爆仙女停顿了一下。

马来·德让走到她面前，吻了一下她。立刻，他就中了

火爆仙女的魔法。

"你为什么来到我的住所?"火爆仙女再一次问道。

"是为了永远和你在一起。"马来·德让感觉特别晕。

"很好,明晚我要安排一个盛大的宴会来欢迎你!"火爆仙女得意扬扬。

火爆仙女的魔法让马来·德让忘记了来这里的目的。

"在明天晚上的宴会上,你要装出一副不开心的样子。要是火爆仙女问你为什么不开心,你先不要回答。直到她发誓答应你所有要求的时候,你就向她索要那张符。"姑娘的妹妹找机会偷偷对他说。

第二天晚上,火爆仙女让女仆给马来·德让换上华丽的衣服,把他带到宴会上。他和仙女并肩坐着,但始终不吭声,一副愁眉苦脸的样子。

"亲爱的,你为什么不开心?我发誓一定会满足你所有的愿望。"火爆仙女忍不住问道。

"我想要那张符!"马来·德让回答。

火爆仙女让女仆把那张能治百病、破解一切魔法的符拿来。放在金盘里的苹果一见到这张符，顿时流出眼泪；而另一边的石榴大笑不止。

"现在你该开心了吧！"火爆仙女把符递给马来·德让。

马来·德让接过符，身上的魔法解除了。

"谢谢你的热情款待，我已经得到这张符，就不打扰了。"他转身要走。

火爆仙女气坏了，打烂了所有的餐具。

"你看着办吧，我从来不需要勉强留下谁！这该死的家伙，慢慢走去吧，没有一百年别想到家！"她命令女仆把马来·德让带到门外。

"别担心，黑衣骑士一眨眼就能把你送回家。你救了我的姐姐，我们两个人永远铭记你的恩情，只要你有困难，我们随时帮忙。"妹妹悄悄对马来·德让说。

"在你遇到困难的时候，只要烧掉我的头发，我就会变成鸽子飞过去帮助你。"妹妹给了他一绺自己的头发。

这时候，黑衣骑士出现了，把马来·德让拉到马背上，命令他闭上眼睛。

骏马在天上奔跑起来。等马来·德让睁开眼睛，已经到了国王的宫殿面前。国王正坐在果园里，闻着苹果树开花的香味。

马来·德让捧着符走进来。顿时，苹果花全部凋谢，纷纷扬扬地落了一地；而所有的石榴树全都开花了。

"陛下，您要的符我带回来了。"马来·德让说。

国王大吃一惊，但表面上丝毫看不出来。

"传令兵，我会奖励你的!"他心想，一定要继续找一个让他无法完成的任务。

"我要你用一晚上的时间建造一座城堡。城堡要有四个门，打开东门能看到春天，打开南门能看到夏天，打开西门能看到秋天，打开北门能看到冬天。如果明天早上建不好，我会让人砍掉你的脑袋!"国王心里暗喜。

现在，马来·德让根本不害怕国王的恐吓，因为他知道那个妹妹会帮助自己。

"好吧，不过你要禁止所有人射杀鸽子。"马来·德让内心很平静。

国王立刻发出禁止射杀鸽子的命令。马来·德让来到王宫外，烧掉那个妹妹的一绺头发。天空中很快飞来一群白鸽，其中一只落在他的手上。

"找我有什么事情?"说话的正是妹妹。

马来·德让讲述了事情的经过。

"你回家吧，明早肯定建好城堡。"那个妹妹说完，就开始指挥鸽子们动工。

第二天一早，马来·德让来到王宫。

"城堡已经建好了！"他对国王说。

国王和谋士不敢相信这是真的，跟着他来到外面，果然看到一座从未见过的壮丽城堡。

他们打开东门，看到一座花园，里面鲜花怒放，小鸟歌唱，一片春意盎然；打开南门，一股热浪迎面扑来，夏天的蝉"知了知了"地叫着；打开西门，树叶变黄了，葡萄架上挂着一串串紫色的葡萄，苹果、石榴、无花果都熟透了，沉甸甸地挂在枝头；打开北门，刺骨的寒风迎面吹来，树上的叶子都掉光了，水面上也结着厚厚的冰。城堡里面更加富丽堂皇，比王宫豪华百倍。国王立刻领着老婆孩子搬了进去。

"你赶紧再给我想个办法！"第二天一早，国王又把谋士喊过来。

"你派他到天堂去拜访你的父亲，让他问问你父亲在那边过得怎么样。如果他去了天堂，肯定就回不来了。"谋士想了半天，想到了一个阴险的主意。

国王立刻叫来马来·德让。

"亲爱的传令兵，我交给你的任务你都顺利完成了，我会给你一块银币作为奖励。现在我需要你到天堂去看看我死去的父亲，然后把他的消息带回来。要是完不成任务，我还是会让人砍掉你的头。"他厉声说道。

马来·德让又忧心忡忡地回家了。

"你向国王要十堆木柴，然后在广场上把它们点着。在你爬到火堆上的时候，烧掉我妹妹的几根头发，剩下的事就不用你操心了。"回到家，姑娘又帮他想了对策。

马来·德让按照姑娘的吩咐准备好了一切。

"火堆升起的烟会把我带到天堂。明天中午，你让人扒开灰堆，我就会从天堂回来。"他对国王说。

国王认为马来·德让疯了。

全城的人都来看热闹了。马来·德让爬上火堆，烧掉了妹妹的一绺头发。

"别害怕，我来帮你了！"一只白鸽落在他的肩上。

妹妹把他变成一棵小草，叼在嘴里，飞出火堆，回到马来·德让的院子里。

马来·德让又变成了人。姑娘用国王父亲的口吻给国王写了一封信，用带着香味的树脂封好口。马来·德让怀里揣着信，夜里偷偷来到广场，钻进灰堆里。第二天中午，国王和谋士来到广场上，好多看热闹的老百姓也围了过来。

国王命令手下扒开灰堆，想看看马来·德让被烧成什么样了。但是他们刚一动灰堆，马来·德让就从里面钻了出来，什么事都没有。围观的所有人都目瞪口呆。

"我到天堂见到了您的父亲，谋士的父亲也在，他们都很健康，委托我向你们问好。您的父亲让我给您捎个信，让您快点儿搬到他那去，这是他的亲笔信。"马来·德让来到国王面前，深鞠一躬，把信递给国王。

国王拆掉芳香的封印。

"我最亲爱的儿子，我在这边生活得非常好，统治着所有死去的人，就像以前统治活人一样。"国王打开信读道。

"谋士的父亲也在这里为我服务，给我出了不少主意。亲爱的儿子，带着你的谋士一起过来，大家见个面吧。最主要的是，我年纪渐渐大了，以后这里还要交给你统治。你先来熟悉一下情况，免得将来手忙脚乱。"国王接着读。

"快架起火堆，我要去天堂看望父亲。谋士，你也一起来！"国王命令道。

谋士往后退了一步。

"我们到天堂看看他们平时都吃什么，都有哪些有意思的事情，完事之后我们再回来。来吧谋士，你为什么走得那么远，难道不想见你的父亲吗？"国王边架火堆边说。

"我这边还有些重要的事没办，让我的父亲再等等吧。您愿意去就去吧，我就不陪您了。"谋士回答道。

"你再敢和我顶嘴，我就让人砍掉你的头，赶紧过来！"国王生气地大喊。

谋士没办法，只好磨磨蹭蹭地走过来。

"火烧到身上的时候疼吗？"他紧张地询问马来·德让。

"火根本烧不着你，只是用烟把你送到天堂。烟越大效果越好，所以要多加木柴。"马来·德让回答说。

听他这么一说，国王立刻下令多加木柴。等一切准备好了，他带着谋士爬到柴堆上，命令手下点火。

火堆熊熊燃烧起来，围观的人眼睁睁地看着大火吞没了国王和谋士。两个人在火中惨叫起来。

"我受不了，我要下去！"国王大喊。

"这烟怎么还没把我们抬起来呀，我们要被烧死了！"谋士也吓坏了。

"忍着吧，你们平时做的坏事太多，身子变重了！"马来·德让大声训斥他们。

国王和谋士惨叫了半天，终于没了动静。火堆熄灭之后，马来·德让扒出了国王和谋士的尸骨给大家看，并且宣布了两个人的罪行。

老百姓们欢呼起来，感谢马来·德让烧死了这个残暴的国王和阴险的谋士。

大家一致推选马来·德让担任新的国王。就这样，马来·德让搬进了妹妹建造的那个城堡里。

在这里，他烧掉了妹妹最后几根头发。眨眼工夫，一群白鸽就飞到他面前。

"需要帮忙吗?"妹妹问。

"我想把父母接到这儿和我一起住。"马来·德让回答说。

"好的，你的愿望很快就会实现!"善良的妹妹说。

当晚，巴哈维金和妻子在睡梦中就被鸽子们从远方带到了城堡。早晨，夫妇二人一睁眼，就被房间里豪华的布置惊呆了。

正在这时，马来·德让走了进来，热烈地和父母拥抱在一起。他和父母讲述了分别后发生的一切事情。

巴哈维金感到不可思议，叮嘱儿子一定要做一个英明的国王。从此，国家在马来·德让的治理下变得越来越强大。